- À Clémence qui,
comme une grande,
dort chez ses copines.
M.

- À la petite Margo.
L. R.

Bali

Papa

Maman

© Père Castor Éditions Flammarion, 2004
Éditions Flammarion (n°2546) – 26 rue Racine – 75278 Paris Cedex 06
www.editions.flammarion.com
Dépôt légal : septembre 2004 – ISBN : 2-08162546-6
Imprimé en France par PPO Graphic, 93500 Pantin – 08-2004
Loi n°49-956 du 16 juillet 1949 sur les publications destinées à la jeunesse.

Bali

Soun dort chez Bali

Magdalena
Laurent Richard

Père Castor • Flammarion

Ce soir, Soun dort chez Bali.

- Moi je dors là, tra la la,
dit Soun.
- Avec moi, na na na,
répond Bali.

Soun vide son sac à dos
pour montrer à Bali
son pyjama à cœurs, son lapin Lala,
sa brosse à dents,
et ses super gros chaussons.

– J'en veux bien des chaussons rigolos !
dit Bali.

– Tu prends les miens ?
Moi, je prends les tiens, propose Soun.

Bali et Soun échangent leurs chaussons.

– Alors, dit Maman, voyons comment
je vous installe pour la nuit.
– Si Bali dort dans son lit,
moi aussi ! dit Soun.
– Si Soun dort sur un matelas
par terre, moi aussi ! dit Bali.

– Bon, dit Maman,
deux matelas en bas, ça ira ?
– Oui oui ! crient Soun et Bali.

Bali et Soun sautent
et font des galipettes.
C'est la fête !

Quand il fait nuit noire,
après l'histoire du soir
et les nombreux câlins,
Soun réclame un verre d'eau.
Bali en veut un aussi !

Soun se relève pour faire pipi,
alors Bali la suit !

Avant de s'endormir,
Bali et Soun jouent
aux fantômes sous la couette.
Hou hou hou !
Hi hi hi hi !

– Maintenant
ça suffit les petits,
au lit et DODO !
dit Maman.

Quand il n'y a plus un bruit,
Papa et Maman entrent
dans la chambre,
et découvrent deux dormeurs
qui se donnent la main.
– Regarde,
ils ont aussi échangé
les doudous,
dit Maman à Papa.